긴 기다림이
아니었으면

최봉희 시화집

㈜이화문화출판사

오월의 티아라, 41×32cm, 캔버스에 채색

시인의 말

길을 따라 걷다 보면
그 곳엔
우주 품속에서 숨쉬는
들녘의 보리밭
바람결에 나지막한 속살거림이
강물의 노랫소리 세월 가듯 흐르고
포근히 안아주는 마음씨 고운 산
기다림은 고마운 설렘이다

펼쳐진 화첩
붓 끝에서 먹선이 살아 움직일 때
시는 이파리를 달아 주고
예쁘게 채색하며
영혼까지도 기쁨으로 담아준다

시와 그림
내가 찾아 나선 행복
내게 준 행복한 삶
자드락길 위에 서서
촛불을 켜 들고
한결같은 마음으로
핑크빛 그리움을 기다릴 게다

2018년 5월
최 봉 희

목 차

강변 이야기, 110×60cm, 한지에 수묵담채

늘 찾고 싶은 길

새로운 것을
찾고 싶어서
무작정 걸었지

회화나무 잎 사이로 빠져 나온
햇살도
그 곁에서 머무르는
솔바람도
쉬엄쉬엄 내려와
풀잎 속으로 스며들고

꽁꽁 얼어버린 마음을
스스로 도닥여주면서
하염없이 걷는 길

늘 찾고 싶은 길

목련꽃 지문

목련꽃 나무 가지 마디마디
갈색 표피를 감싸 안고 있을 때
부드러운 바람에 실려 온 손길이
지문의 문장을 깨운다

기억의 풍경이 별들로 떠 있는 동안
하얀 숨결을 안개비 등살에 보듬고
연분홍 햇살 내리는
아침을 기다린다

뽀얀 속살 목련꽃 잎잎마다
좁아진 시린 가슴에
눈부시게 따뜻한 생명을
넘치도록 안겨 주니
손가락 하나 둘 펴는
첫사랑의 따뜻함이여

몸 안의 길을 따라 목련꽃 핀다

고귀함, 41×32cm, 캔버스에 채색

꽃 편지, 53×65cm, 캔버스에 채색

아기별꽃

푸른 잎 깔린 은하수길에
하얀 아기별꽃 피었다
따사로운 햇살이
간당거리는 봄바람 데려와 맴돌고

다섯 개의 별 꽃잎 속
아기의 다섯 손가락이 꼼지락거리면서
엄마 젖가슴 안고 있는듯
엄마 손 붙잡으려는듯

다정하게
은밀한 사랑을 나누고 있는
하얀 아기별꽃
하얀 봄 나비를 기다리고

화분에서 아름답게 피어난
밤하늘의 별꽃들
캔버스에 내려와
사랑스럽게 웃어준다

어떤 존재

백합꽃 향기가
보이지 않는다 해도
태양빛이 입혀준 향기와
꽃의 존재를 느끼듯이
삶은 익어간다

잔잔한 흐름, 76×47cm, 한지에 수묵담채

잠 못 이루고 뒤척일 때면
뒤란에서 서성이는 별빛 받아
온 몸을 부대끼며 뒹굴고
잔잔한 물결 일렁이는
생각을 더해 보면서
잠시
쉼의 존재를 깨달아본다

단풍 나뭇잎 곱게 물들이며
나뭇가지들에게 영양분 내려 보내고
이제 추운 겨울 너머
봄날을 기다리며 길 떠나는
아름다운 모습의 존재

적요 속에 잠겨 있는
별빛을 부여잡고
무화과 열매 꽃 피우듯
어떤 존재의
자아를 찾아서 간다

본질로 가는 길

생명의 향연을 펼치기 위하여
두려움 한 짐 짊어지고
쏟아지는 물살 틈새기를 꿰뚫어
강둑을 수없이 튀어 오르는 연어들처럼

깊이 내린 핏줄의 뿌리
목마름 적시려고
본질로 가는 길을 가본다
가을 햇살에 도취되어
실컷 물들이기에
지루한 줄 모르는 벼 이삭
낱알 마다 추억이 박혀 있다

마을 길
잠시 걸어보니
동무들 도란거리는
온몸을 휘감는 새파란 목소리
돌담 벽에 아슴푸레 새겨진
해맑은 웃음소리
길모퉁이 돌아가는 발걸음마다
수북이 쌓여 있다

오랜 세월 감추어진 숨소리는

추억 길 위에서

삶의 무늬를 깔고 길게 누워 있다

고향집으로, 72×45cm, 한지에 수묵담채

반딧불이

창문을 두드리는 청록색 불빛
깜짝 놀랐다

반딧불이구나!

거실 불을 끄고 기다리는 걸
어찌 알았을까
여섯 개의 다리로 창문을 꼭 붙잡고
허공 속을 휘젓는 두 팔이 분주살스럽다

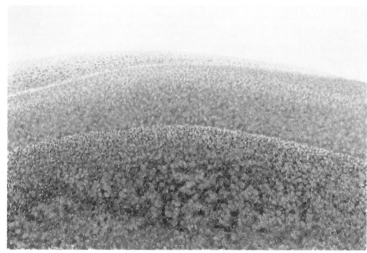

들꽃 예쁘다, 54×38cm, 한지에 채색

배 부분 마디에서 뿜어 나오는 불빛으로
유희하고 있는 모습
달빛도 별빛도 숨죽이게 하는
진한 마음의 소리 울림이다

때때로
연한 주황빛깔과 형광 연두색을
은은하게, 강하게 깜빡거리며
열다섯 날만이 주어진 삶
천성의 사랑을 위하여
푸름이 깃들어 있는 날갯짓
쉼표가 없다

온 정성 기울인 빛을
창살에 붙여두고
자신은 스러져 떠나가려는
마지막 몸짓이 애틋하다

카라꽃 음악

천년의 사랑이 흐른다
부케로 만든 카라꽃 받아 안으면
온몸에 퍼지는 음악
손끝에서 꽃의 운율이 피어난다
눈빛보다 더 하얀 드레스 앞자락에
두손 모으고
꽃길을 걸어가는 당신
다소곳이 숙인 머리 베일 위에
올려진 티아라
사뿐히 옮기는 발걸음마다
행복이 깃들어 있네

아비의 손을 살며시 놓으며
사랑의 손을 꼭 붙잡은
수줍은 미소 아름다워
사랑의 그 손길
천년이 되기를 꿈꾸네

캔버스 위에 하얀 카라꽃
예쁘게 피워 올리니
행간 사이사이
카라꽃 음악이 가득하네

환희, 32×41cm, 캔버스에 채색

그 끝은 어디일까

망망대해
던져진 부표 찾아가는 어선
파도를 튕기며
바닷길을 온몸으로
움켜쥐고 가듯이
나는
길 위에 누워 있는
햇살 그림자 밟으며
굳은 살 박힌
마음을 추스르고
지친 심신을
초록빛으로 물들이면서
작은 연민을 안고
하염없이
파란 대문을 찾아가는데……

세월이기에

또 하루가 지나가고
그렇게 찾아오는 날들
애타는 마음을
실타래 풀어내듯이
의연하게 순응하며
하늘을 올려다 보았지

붙들지 못하는 세월이기에
어쩔 수 없지만
그래도
충만한 내 삶
한 조각
기쁨으로 채우는
근사한 꿈을
가질 수는 있지

아주 작은 목소리

나의 작은 뜰 안으로
나지막한 소리가 스며들어와
잊지 말고 기억하라고 한다
오늘 이 시간
꽃 피우듯 아끼고
욕심의 잔은 반쯤 비워
하염없이 기다림이 아닌 채워줌으로
마음의 생채기가
깨끗이 아물 수 있다는
깊은 뜻과
큰소리 내지 말아야 할
이유가 있음을
맑은 이 아침
아주 작은 목소리의 울림이
가슴 깊은 곳으로 젖어든다

쉼

발등 위로 내려 앉은
해거름녘
긴 하루 긴 그림자
마을길 모퉁이 틈새로
어둠이 숨어들 때
온몸으로 부대낀 하루의 생존
오롯이 쏟아 붓는다

나를 기다리는 곳에서
고단했던 하루를 내려 놓고
동행했던 그림자
정겨운 눈길로 포근하게 감싸주면서
물빛 같은
마음을 포개어 쉼을 맞이하라며
내가
지탱할 수 있도록
버팀목이 되어주었다

이른 소식, 65×50cm, 캔버스에 채색

우주 품속에 든 별빛

송악산 새벽별
하도 고와서
하늘 가까이 닿을까
얼굴을 내밀어 보니
우주를 품은 별빛
바다 물결 속으로 빠져 들어가
한 몸 이루어 유영하고 있을 무렵
우주의 신비스러움이
마음 안에 붙잡혀 있고

차오르는 별밤
핑크빛 해당화 꽃잎처럼
보드라운 촉감으로 보름달이 되어 보는
내게
깊숙이 들어온
우주 품속에서
동무가 되어 본다

맑은 소리, 41×32cm, 캔버스에 채색

달빛 소나타

신 새벽
은 하늘 색깔 담채로 뿌려
채색된 달
헤아릴 수 없는 별
활짝 핀 메밀꽃 밭을 일구어
새벽하늘 한 가득 채워주고 있다

달빛은
늘 푸른 소나무 쓰다듬어 주며
솔방울 사이사이
온 몸을 던진 별빛
참깨 영글어 쏟아지는 듯

빨간 단풍잎
갈색 잔디 위에도 내려 앉아
훈훈한 온기를 주며 도란거리는
사랑의 소리
희망의 소리
들꽃 같은 웃음소리
고요한 달빛이여

긴 기다림이 아니었으면

꽃 사과나무
젖은 가지마다
긴 잠에서 깨어나 하품을 하고 있네
하얀 꽃 피워
맺은 열매
빨갛게 익어 가는 가을이 올 때까지
정겹게 도란거리겠지

오늘
봄비 오시는 날
따뜻한 소식이 그리워지는 날
자꾸만 핸드폰으로 눈길이 얹혀지네
내겐
아주
긴 기다림이 아니었으면

그리움으로 내리는 봄비를 안으며
여릿한 마음 문 열고 들어가 보네

설렘 한아름, 76×47cm, 한지에 수묵담채

자작나무를 만나다

산길을 돌고 돌아
자작나무를 만났다
태어날 때부터 하얀 몸
따뜻한 남쪽나라를 마다하고
이곳에 터를 선택한 자작나무

핀란드에서 자작나무를 보며
감동에 젖었었는데
강원도 인제 땅을 지키는
고상하고 단아한 모습이
더욱 든든하다

추운 겨울
자작자작 소리를 내면서
아랫목을 따뜻하게 데워줘
단잠을 재워주고
지붕을 덮어주기도 하니

이렇게 착해서

천사가 내려와

하얀 날개를 활짝 펴

우듬지까지 감싸 주었나 보다

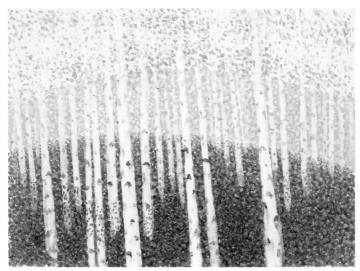

천사의 봄, 54×38cm, 캔버스에 채색

햇살 한 움큼

먼 곳
우주
허공에 떠도는 햇살 데려와
멍석 위에 널린 고추
빨간 꽃 피우듯
햇살 뿌려도 보고

빨래 위에 걸터앉아
아주 보송보송하게
물기도 거두렴
저물어 가기 전
광주리에 담아
창가에 걸어 두고 싶은
햇살 한 움큼

자연의 이치

흙더미 들어 올리느라
얼마나 힘들었을까
살기 위한 몸부림은
버거웠을 것이고
힘들고 또 힘들어도
땅 속 깊은 곳보다
햇살과 더불어
숨쉴 수 있는
세상이 더 좋아서
질경이는 솟아오르고
잎을 따서 쌈 싸 먹었던
민들레
다시 움 틔워
볕 잘 드는
촉촉한 땅 위에서
자연의 이치를 알기에
터를 잡고 앉아 있다

봄날에, 55×36cm, 한지에 수묵담채

여심 화

선운사 뒤뜰
동백 꽃송이 입을 열어
육자배기 한 가락
애틋하게 뽑아내고 있다

빨간 꽃잎 위로 걸어 온
봄바람
노란 꽃 입술 속으로
건들건들 불어넣는다

동박새가 사랑 주고
다녀간 동백 꽃송이
온몸 그대로
우아하게 내려와

가야금 열두 줄 소리 그리워
땅위에서 다시 피어나는
여심 화
어찌 밟을 수 있으리

동박새 노래

간밤에 바람비 녹아 내려
신 새벽 뒤로 숨어들고
햇빛 손 꼭 붙잡은 여우비
동백나무 초록 잎
은구슬 되어 조롱조롱 매달려 있다

물기 머금은
동백 꽃송이
속살을 해님 곁에 내어 주고
눈을 깜빡이며
선운산 아침을 마신다

동박새 모습은 보이지 않지만
오케스트라 연주 같은 그들만의 노래
오로지
동백나무만이 누릴 수 있는
동박새들의 아름다운 소리
숲을 삼키고 있다

동백나무 우거진 숲속에서
선운산 아침 날개가
활짝 피어오르고 있다

산울림, 41×53cm, 한지에 수묵

사랑이어라, 54×38cm, 한지에 채색

봄꽃 편지

뒤란에서 먼저 피어나는
매화꽃을 보시면서
추위를 견디며 꽃을 피워
마음이 시리다 하시면서
매화꽃송이 닮은
하얀 미소를 지으시고
감꽃목걸이 만들어 주시며
행복해 하셨던 모습
빨갛게 익은 앵두
딸내미 입술이라며 웃으셨지요

목화 솜같이 부드럽고
따스한 봄날입니다
새싹 움트는
아름다운 소리 들리신가요
봄꽃 한 줌
봄 향기만큼 큰 손으로
봄꽃 편지 띄워 봅니다
고운 내 어머니

오래된 문

마음의 문 안에서
조금씩 작아져 가고 있다
마음 숲 속에 그늘이 와도
아스라이
하늘빛이 드리웠었는데
소금밭에 핀
영롱한 보석이었었는데
머리에 이고 온
물동이를 내려놓으며
기지개를 펴 본다
추운 겨울 갓 떠난 자리에
따스한 동백꽃 피고
물고기 걷어 올린 그물
물기를 거둬도 또 다시 물속으로 들어가듯
사랑하고 있다는 외침을 그리워하고
밀려갔다가 밀려오는
근심의 무게가 멀어지면
사랑하고 있음이
마음에 파고 들어와
봄날의 풀빛으로
물들일 게다

그렇지 후루룩 지나가지
나를 사랑하고 있음은
나의 몫이기에
가슴속에 핀 뜬구름 거두어
오래된 문 안으로 가슴을 열어 본다

내 어릴 적, 60×38cm, 한지에 수묵담채

햇살 따라서, 41×32cm, 캔버스에 채색

태양 닮은 인생

봄비 언저리에서
봄이 퍼져 나가고 있는 듯

꽃을 버려
향기를 먹으며 열매를 얻는 듯

어두운 항아리 속에서
된장, 간장 익어가는 소리 들릴 때

기쁨이 조막손 안으로
살포시 녹아 들어올 때

삶의 무게 가볍게 내어 주는
밥 한 숟가락이 달달할 때

희망의 붉은 빛으로 하늘을 물들이며 뜨고
사랑의 붉은 빛으로 하늘 저 편으로 가는

태양 닮은
내 인생이여!

벚나무 동행

벚나무 잎을 슬쩍 건드리는
가을바람
이런 날은 벗이 그립다

폐허의 한 시절을 같이 걸으며
가지마다 마음을 짓던 기억
벚나무 꽃을 선물처럼 바라보며
두 손을 잡고
흰 구름 위를 걸었지

꽃 시절이 지나고 적막한 시간
내 밥숟가락 쌀밥을 덮어주던 벗
황태구이도
먹기 좋게 뜯어주며 많이 먹으라는
이런 멋진 벗

우리는 가을빛 닮은 스카프를 사서
마른 목에 두른다

벚나무 옹이마다
가을빛 바람이 사랑으로

햇빛의 무늬, 환하다

집으로 가는 길, 76×47cm, 한지에 수묵담채

가을 들녘, 100×69cm, 한지에 수묵담채

가을 등불

지리산 자락 구례마을
감나무
꽃을 피우고 있다

감꽃의 향기
씨앗 속에 묻어 두고
혀끝으로 달달하게 녹아들 즈음
대청마루에서
다시 한 번 등불을 켠다

갈색 잎사귀 떠나가고
까치, 참새들 불꽃 속으로
머리를 파묻으면
새들 부리는 더욱 길어져
더불어 사는 삶이
햇살 속으로 녹아드니

벌써
하이얀 감꽃
감또개가 그립다

그냥

단풍드는 소리가 들려
숲 안으로 숲 안으로 이끌리어 가네

단풍이 아름답다는
붉나무
잘 익은 석류알을 흩뿌려 놓아
숲속의 새들
숨소리마저 멈추고

꽃자리에 매달려 있던 열매
껍질을 벗어 버리며
주홍빛 동그란 씨앗
마치 루비알 같은 빛을 내뿜으니
반지 만들어
약지손가락에
끼우고 싶을 만큼
눈길을 사로잡는 화살나무
잘 익은 빨간 홍시가
잎사귀 위에서 노닐며
빨갛게 물든 나뭇잎
어떤 표현도 필요치 않으니

불의 숲에서
내 심장이 열리어
그냥
아! 소리만이
입 안에서 맴돌고 있을 뿐

가을 물들다. 60×38cm, 한지에 수묵담채

세월의 흐름, 76×47cm, 한지에 수묵담채

여위어진 갈대

그 곁에
센 바람이 불어오지 않았으면
갯벌을 채우며 밀려오는
바닷물도 잔잔했으면

스치기만 해도 바스러질 만큼
여위어진 갈대들의
몸을 부비는 소리가
주름 진
나의 손등에 얹혀 있어
세월의 모습이 보이네

다시 태어나는
푸른 갈대잎을 위하여
자리를 내어 주며
한 몸을 이루네

허공의 밖에서 어두워지다

나무들의 시간으로 서 있는 곳
갈잎의 내음을 따라서
까치걸음으로 걸어본다
찬바람이 넘어뜨려도 훌훌 털면서
다시 일어나 구르며
사각거리는 낙엽
쏟아지는 소리 수없이 들린다

고개를 치켜 들고
마지막 잠을 자고난 누에
고개를 내려 뽕잎을 찾고
온 힘을 다하여 뽕잎을 갉아 먹는
사각사각 소리
넉 잠을 잔 누에는 고치집을 지어
실크를 내어주며
나방이 되어 다시 누에알로 태어나듯이

봄부터 끌어안고 있던 나뭇잎
미련 없이 떠나보내고
다시 새싹 움틀 자리를 남겨 놓아
봄의 문을 열어 주리라

누에가 뽕잎 갉아먹는 소리와
갈바람에 낙엽 구르는 소리
허공에 내 영혼의 고요가 번지는 동안
나무도 붉은 노을을 삼킨다

정다운 곳, 67×45cm, 한지에 수묵담채

흔적

가을 문턱을 넘어 오는
꽃 무릇

푸른 잎 시절 피우지 못한 꽃
그 가녀린 푸른 잎 지고 나니
붉게 피어 오른 꽃 무릇

가녀린 꽃대는
어긋남의 삶인가

스러진 푸른 잎
피어난 꽃
영원히 만나지 못하는
가슴 아린 기다림에
흔적만이 침묵할 뿐

마음의 틈

몸과 마음이 무거워
잠 못 이루고 뒤척였다
내려놓으면
가볍다는 생각을 하면서도
붙들리고 얽매이고
내 자신만의
틀에 박힌 주춧돌인가

때때로 메마른 논바닥 같아서
소리 없이
먼 산 구름 위에 걸터앉아 있는
허허로운 마음
빠져 나간 틈 찾고 싶다

내 어릴 적
담장 틈으로
봉숭아꽃 물들인 손톱이 보인다
저물녘 꽃노을도 보인다
내 마음의 틈이 보인다
무지렁이가 아니어서 다행이다

풍성하여라, 316×134cm, 한지에 수묵담채

둘이 또 같이, 76×47cm, 한지에 수묵

마을 그리기

하얗고 깨끗한 한지에
먹물을 머금은 붓 끝으로
소나무 가지마다
혹시
학 한 마리라도 더 날아들까 싶어
솔잎을 풍성하게 그려 넣어 본다

들녘 푸른 벼
가을날에는
농부의 힘든 땀방울이
웃음방울 되기를 소망해 본다

소담하게 살아가는 마을
집을 짓고 길을 내어 아이들 웃음 꽃 채우며
마을 뒷산도 아스라이 그리면서
담채로 마무리해 본다

오늘은 노을마저도 다습다
오늘밤 달빛도 그러하겠지

불의 숲

가을 햇살을 흠뻑 머금은
붉은 가슴이 있습니다
불의 영혼이 깃들어 있어
가을빛 하늘 문 두드리는
불의 숲을 안고 있습니다

온몸을 태우고 또 태워
까맣게 재가 될지라도
새까맣게 타버려서 풀풀거릴지라도
숲의 불을
끄지 마십시오

그 누구라도

천사의 가을, 54×38cm, 캔버스에 채색

59

생의 한 순간

여명 따라
산허리에
피어오른 운무

푸른 나뭇잎 사이에서
두툼한 목화솜 이불 덮고
노닐다가

햇살이 숲을 끌어안을 즈음
자취도 남기지 않는
운무

이른 아침에 연출하는
생의
한 순간

윤슬

가을 바다
고운
윤슬
만질 수 없는
마지막 불꽃을 남겨두고
노을 품은
태양은
집으로 돌아가고 있네

등불이 되어, 76×47cm, 한지에 수묵담채

푸르름이 깃들다, 72×45cm, 한지에 수묵담채

녹차 한 잔

소반 위 덩그러니 놓인
녹차 한 잔
곡우 전에 채취하여
덖어 만든 우전 녹차
맛이 부드러워서
향이 가볍다
창밖에서 서성거리던
봄비가 젖어 들어오고
한 잔의 차를 음미하는
지금
무심히 보냈던 일상들이
그리움 열리는 하늘이 되어
찻잔에서 머뭇거리고
한 줄기 빗물이
한 줄기 봄빛으로
연분홍 봄바람
소반 위에 내려와 앉아 있다

은방울꽃

커다란 초록 잎 속에
하얀 은방울꽃
손을 대면
맑은 종소리가 울릴 것 같네
다소곳이 고개 숙여
겸손하게
두 손 모아 기도하는
저 맑은 꽃

달빛도
눈이 부셔 비껴가는
오늘 밤
은방울꽃과 더불어
틀림없이 행복하고 싶네

꽃잠

소달구지가
흙먼지 날리는 신작로 길
호박전 부치는
들기름 냄새
담 너머 갈 즈음
발걸음을 재촉하던
식구들
평상에 둘러 앉아
된장국 뚝배기 가운데 두고
서로 수저를 밀치노라면
모닥불 찾아 드는 불나방
검불은
더욱더 찬란하게 타오르고
은빛 은어떼 같은
은하수 길
꽃잠은
온몸을 휘감는다

다정하네, 53×45cm, 캔버스에 채색

이렇게 살아가요

두손으로
토닥토닥 등 두드려 주면
온기를 느낄 수 있지
힘없이 처진 어깨 위에
시들지 않는 희망을 얹어 주고

어둠이 밀려오는 망망대해일지라도
힘차게 비춰 주는
등대 불빛보며 나아갈 수 있지

쌓인 눈 위에 그려진
까치 발자국이면 어떠하고
강아지 발자국이면 또 어떠하리
그 길이 곧 나의 길이지

신 새벽
빈 둥지 넉넉히 채워
눈빛보다 맑은 마음 문 먼저 여니
이렇게 편안한 것을

새맑은
웃음 안고
새로운 삶 꿈꾸며
이렇게 살아가요

소중한 나의 하루

벚꽃이
하얀 모시적삼 입고
노래하며 춤을 추고
십자가 별꽃 노란 개나리
고운 자태가 우아하네

때가 되면 어김없이
펼쳐지는 풍경
오늘은 더더욱
희열감을 느낄 수 있네

병원에 다녀오는 길
더 나빠지지 않았다는 언어가
새삼 감사하고
지나온 날보다는
다가올 날이 많지 않다는 걸
언제가 될지 알 수 없음이니

꽃이 예쁘고
공기가 달콤하며
만나는 사람마다 반가워
손을 흔들어
인사하고 싶은 마음이 드네

소중한 나의 하루
귀하여라

여유로움, 78×47cm, 한지에 수묵담채

고마운 마음

큰아들 집으로
저녁밥을 먹으러 가는 내내
기쁜 생각을 했다
가족끼리 대화하며
천천히 편하게
밥을 먹을 수 있어 좋다

모처럼 만난 손주들은 사연이 많다
교회에서 봉사하는 장손은
내일이 어버이날이라서
카네이션꽃 준비하고
예배 드릴 때 연주할
콘트라베이스 연습하느라 바빴다며 웃고
세 살 된 손주 아토피가 심해서
고생이 많았었는데
한방 치료로 아토피가
많이 나았다는 소식도 덤으로 전해준다
친구들과 축구할 때가 제일 좋다는
운동 잘 하는 손주는
반에서 제일 크다며 자랑이다
올해 초등학교에 들어간 손녀는

학교 가는 것 공부하는 것이
재미 없다며 하소연 하고
엄마가 선생님인데 공부 잘해야 할 것 같아서
나는 걱정이 앞서는데
아직 한글도 다 알지 못한다며
며느리는 웃으며 한 술 더 뜬다
그래
이건 내가 걱정할 일이 아니지
때가 되면 해결될 일인데

손주들 이야기 들어주는 즐거움
맛있는 밥
용돈까지 챙겨 주는 며느리들
고마운 마음에
삶이 따뜻하다

달도 머물다, 53×41cm, 한지에 수묵담채

쓸쓸한 풍경 하나

개울가에 앉아
개울물에 비치는
내 모습을 들여다 보니
평온했다가 일그러지고
숨소리마저 잦아들어
헛헛한 심정을
물안개는
온몸으로 덮어버려
크게 다가오는 빈 자리
어찌 채울까

쓸쓸한 풍경 하나
숨겨진 마음 안으로
가득 채워진
슬픔을
옅어지게 하여
깊숙한 곳으로
추억 여행
하나만이라도
심어주었으면 싶다

정원 풍경

친구가 차려준 점심을 맛있게 먹고
뒤뜰에서 산책을 하고 있는데
모란꽃 피어 있는 정원에
다람쥐가 놀러 왔다

행복한 품격, 41×32cm, 캔버스에 채색

가을날에 물들인 떡갈나무 잎처럼
연한 갈색 조금 진한 갈색
그리고 밤 색깔의 줄무늬
작은 몸이지만 긴 꼬리

등을 곧게 펴고
주둥이를 아주 정성스럽게 닦는 맨손
핑크 모란꽃
품안에서 서성이다가

볼이 홀쭉한 채로
날렵하게 잣나무를 타고 올라가는
갈색 등위로
고운 햇살 한 톨이 뒤척이며 업히고

도토리와 잣이 여물 때까지
모란꽃잎 그늘 아래
해바라기 씨앗이라도 차려 놓고
내일 또 기다려 봐야지

바라만 보아도

고운 꽃잎 비처럼 오셨습니다
힘든 삶
한 올 한 올 풀어 주시고
가시나무 숲길
고독하게 걸을 때마다
잠든 영혼 일깨워 주시어
겸허함으로 여미게 하셨습니다
찬바람에 휘청거리며
떨고 있을 때
징검다리 위에서 들려오는
다정한 음성은
닫힌 귀를 열어주셨습니다
찬란한 하늘빛 닮은
당신의 입술을 통하여
열 손가락이 모자랄 만큼
감사기도 드리게 하셨으며
심장에 놓인
십자가
바라만 보아도
사랑하게 하셨습니다

훗날에

그를 떠나보내고
다시 기다리기로 했다
어둠을 집어삼키는
달빛이 되어 주기로
달빛 곁에 서서
손 내밀어 주기로 결심했다

훗날
아주 먼 훗날에
단 한 번만이라도
밤하늘을 보면서
달빛이
태양보다 더 뜨겁게
사랑으로 들어가 있었다는 걸
추억해 주었으면
간절하게……

포근하네, 41×32cm, 캔버스에 채색

사랑의 싹

손주가 온다기에
아침 일찍부터
구석구석
쌓인 먼지
깨끗이 쓸고 닦아낸다

할미! 부르며
손주는 웃어 주겠지
손녀는 품속으로 안기겠지
혼자서 방긋!
사랑의
싹을 틔워본다

벗

–몸이 말을 듣질 않아서
오늘 모임에 나갈 수 없네
요즘 운전하기도 힘들어졌어
–많이 아파?

아프지 말고 건강하게 살기로 약속했던
벗
아름다웠던 미소를 생각하니
마음이 슬프다
그냥 혼자 쉬고 싶다는
힘없는 목소리에
벼랑으로 곤두박질하는 떨림은
세월의 흔적인가
이제
걱정 없이 살아갈 날들만 남았는데
붙잡지 못하는
아픔이라는 언어를 어떻게 할까

벗의 빠른 회복을 생각하며
겸손히 모은 두 손
아침 기도는 길어졌다

그리움

봄이 되면
파김치를 많아 담아서
아들네들도 나누어 주고
맛있게 먹었었는데
오늘은
큰 며느리가 파김치를 담아 오고
막내 며느리는 무생채를 무쳐 와
고마웠다
하지만
지나온 세월
애잔한 그리움이
마음 한 구석
빈 자리를 비집고 들어 왔다

그리움, 76×47cm, 한지에 수묵담채

기쁜 마음, 41×32cm, 캔버스에 채색

엄마라는 이름표

심장 안에
이 세상 어디에
어느 곳에 있든지
너의 존재만으로
깨진 항아리일지라도
물은
가득 채워졌었고
마음이 아려도
배고픔 채워줬던
가슴이었기에
모래밭 거닐 때
맨발 위에
소금 꽃이 피어나도
등에 얼굴을 묻고 잠든
분홍빛이 있었기에
푸르른 물감으로 그려 보았단다
아들아!
엄마라는 이름표를 달아 주었구나
기쁨의 별 하나 달아주었구나

제주 절물 휴양림의 행복한 풍경

1
해거름녘
입을 꼭 다물고 있던 복수초
노란 꽃잎 위에
새벽이슬 내려 주시니
마른 목 적셔 숨을 마시면서
행복한 미소가 활짝 열리고
봄 햇살 기운 한아름 품안에 가두어
가을 날 애틋한 사랑 기다리는
봄날의 상사화 잎들이 올곧다

2
이른 아침 소나무 숲을 깨우는
까치들의 노랫소리
반가운 소식 전해주고 있는데
우거진 삼나무 숲속에서 들리는
까마귀들의 처연한 소리
내 발걸음이
가벼워졌다가 무거워질 무렵
텃새인 직박구리, 휘파람새, 딱따구리, 노랑턱멧새,
아름다운 노랫소리를 들려주는 예쁜 새들

숲 사이를 오가는 분주한 날갯짓
숲은 활력이 넘쳐나 기쁘다

3
너나들이길 생이 소리숲 길을 사박사박 걸었다
서어나무 기풍 곁에
당당한 올벚나무 하얀 꽃이
이제 겨우 속잎 틔우는 산뽕나무에게 으쓱이고
비목나무 곁에 한참 동안 서성이다가
귀 기울여 겸손을 느껴본다
샛노란 복수초, 더덕향기에 취해 흔들거리고
새하얀 변산 바람꽃
씨방을 소중하게 지키는 것은 깊은 뜻이 있겠지

장생의 숲길에서
둘이 하나가 되어 행복을 나누는
사랑나무를 만났다
산벚나무와 고로쇠나무 연리목
사랑나무 이파리 움틔우는 숨결을 들으니
내 삶의 마무리도 이랬으면 싶다

4
어스름 초저녁 노루 두 마리
초록 융단 깔린 숲길을

여유롭게 풀을 뜯으며 걸어다닌다
그 누구에게도 방해 받지 않고
노루 한 쌍만이 오롯이 누리는 평온함
내 마음은 설레며 행복한 감동이다
소나무 둥치에 몸을 부비며
송진 냄새와 교감을 이루고
삼나무 한 아름 두 발로 껴안고
뿌리에서 우듬지까지 흐르는 수액을
긴 혀끝으로 핥으며 생명력을 소통한다
내 기척을 눈치챘는지
후다닥 숲속을 향해 뛰어 간다

5
소나무 잎을 비집고 걸터앉아
얼굴 내미는 보름달빛이 온 몸을 적셔준다
찬란하게 휘몰아치는 별들 속에서
새가 날개를 펼친 것처럼 빛나고 있는
오리온자리를 찾았다
잘록한 허리 부분에서 빛나는 '삼태성'
나의 분신인 아들 셋이서 나란히 웃음 짓고 있는 듯하다
천상의 존재, 지상에서의 존재
빛을 발하여 온 우주를 품으며
멋진 세상을 만드는 꿈을 펼치라

잠자리에 누운 이 시간
창문에 드리워진
둥근 달빛 품은 벚꽃 잎
빛깔 고운 연보라 봄까치꽃 포옹하며
행복하다는 안부 전한다
나도 지금 그러하구나

봄까치꽃, 32×41cm, 캔버스에 채색

무위자연 속의 예술과 삶

김 봉 빈 (중국 허난성 정저우대학 명예교수)

우리는 종종 그림은 왜 그리며 그림은 우리에게 어떠한 존재인가 라는 의문과 물음을 던지게 된다.

그림의 시작은 인류의 출현과 함께 시작되었다고 할 수 있겠다. 인류 최초의 그림이라고 하는 프랑스 몽띠냑의 라스코 동굴 벽화나, 스페인의 알타미라 동굴 벽화에서 인류의 미술을 탄생시켰다. 우리나라도 경남 울주군에 있는 반구대의 암각화 그림이 있다.

그림이라는 인간의 행위는 동, 서양에서 비슷하게 불확실한 환경에 적응하기 위한 방편으로 시작되었다. 외부세계와 소통하면서 미지의 세계에 대한 두려움을 극복하고자 하는 본능적인 충동의식이다. 자신들이 원하는 형상을 선과 색을 이용하여 그림으로 나타내기 시작했다. 형상을 만들어내는 행위를 당시에는 예술이나 창작활동으로 인식하지 않았다 하더라도 그림은 그리는 사람의 지식과 감정이 농축되어 작용하는 것이라 했을 때 그림의 출발을 이 시점으로 볼 수 있다 피카소가 "라스코 동굴 벽화를 보고 난 뒤 인류의 미술은 원시 시대부터 오늘날까지 하나도 발전하지 않았다." 라고 말했듯이 환경의 극복과 생존을 위한 여러 형태의 행위, 의사소통과 세대 간의 정보전달과 교육의 장이 스며 있고 생활철학이 함축되어 있는 형태가 현대회화와 별 차이가 없다고 하겠다.

가원은 여행을 참 좋아한다. 국내외를 자주 여행한다. 그는 많은 지역을 여행하면서 그곳의 풍물과 자연을 접하고, 탐색을 하며 그림을 그려왔다. 그의 그림은 자연의 형상에 그치지 않고, 자연 속에 내재되어 있는 특성과 성격을 정확히 찾고 여기에 작가의 심상을 융합하여 재해석된 자연의 모습을 나타내고 있다. 그의 그림에는 우리들의 삶과 정신을 힐링할 수 있는 편안함이 있다. 그의 그림을 보고 있노라면 그림 속으로 녹아들어가 그림의 일부가 되고 그가 추구하는 무위자연의 일부가 된다.

현대인에게 그림은 어떤 의미의 존재인가.

인간은 몸과 정신으로 이루어진 생명체이며 상호 유기적인 관계이다. 다양하고 복잡한 현대사회에서는 여러 형태의 중압감과 개인의 욕구가 넘쳐나지만 해소되지 못한 요인들은 스트레스로 몰아가 인간성을 피폐하게 만든다. 이러한 위기를 해소하거나 예방하기 위해 여러 가지 노력을 한다. 그중 하나가 그림을 그리는 행위이다. 그림을 통해서 힐링 하고 새로운 가치관으로 자신을 변화시키는 행위임을 알게 한다. 이처럼 그림은 삶의 공간에서 기둥이 되고 울타리가 되어 건강하고 희망이 넘치는 에너지를 우리의 삶에 제공하고 있다.

가원의 그림에는 무위자연주의 내음이 짙게 묻어난다. 무위 자연주의에서 '무위'란 노·장자의 학설의 중심을 표현하는 단어이다.

무위란 "적적하고 고요하며 무성으로 아무리 움직여도 움직이지 않는 것이며 끌어도 오지 않고 밀어도 가지 않는 것이다."라고 했다. 가함이 없는 자연 그대로의 모습….

천지의 자연 속에는 산천과 물체가 있고, 물체는 형체가 있으며 형태 속에는 영적인 신묘가 있어 화가는 이 영적인 형태를 그려내는 것이다.

노·장자의 예술론은 자유해방을 아주 중시한다. 이것은 '지극히 즐거움'과 '자연히 즐거움'이라는 논리는 인간의 정신적 해방에 의해서 이뤄진다고 하였다. 최봉희의 후덕하고 잔정 많은 성품은 그가 살아온 삶과 작품에서 지극하고 자연스런 즐거움이 넘쳐나고, 건강한 무위자연의 짙은 향을 느낄 수 있다. 그는 또한 장, 노년들의 삶의 지표가 되고 있다. 최봉희 화가의 또 다른 변화와 즐거운 변신을 지켜보자.

빛과 색채, 향일성의 시어들

김 선 주 (문학평론가, 건국대 교수)

1.

시인의 시 세계는 천연의 노래로 가득하다. 세상 장식을 담은 치렁치렁한 옷 속 깊은 자리에서 길어 올리는 원시의 울림이다. 각종 의상(衣裳)의 주름과 재봉 선을 따라 독자를 순수의 세계로 인도한다.

시작(詩作)이란 아직 남은 태초의 이미지를 발굴하는 일이다. 그렇기에 시인이 가리키는 방향은 항상 저 너머 안쪽 세계다. 시인은 세상의 이면을 들추어 생의 이면을 탐사한다. 그 여정은 불안을 동반하는 미지의 행보가 아닌, 기대와 희망으로 충만하다. 왜냐하면, 시인이 추구하는 것은 분석이 아니라 온전한 체험이기 때문이다.

앎에 있어서 진실은 오직 하나다. 우리는 알아갈수록 대상과 대립한다. 지성은 그 거리감을 좁히거나 넓히는 행위에 불과할지 모른다. 그러므로 지성과 대상의 간격에는 복잡한 궤적이 남겨질 뿐이다. 여기, 우리 앞에 펼쳐지는 시어들은 생이라는 대상의 바깥에서 배회하지 않는다. 생을 향해 수직상승 혹은 하강의 곡예를 펼쳐 보인다. 오직 생을 향해 나아간다.

시인의 문제는 얼마나 생명의 깊숙한 곳까지 천착하는가이다. 다시 말해 얼마나 생을 그 자체로써 온전히 체험해내는가 하는 일이다. 그래서 시인의 순정(純情)한 시어들은 생 쪽으로 저절로 몸을 눕히는 향일성(向日性)을 보인다. 열기[1]로 빛을 내는, 생의 방향으로 곧장 나아가는 직선형의 시어들이다.

---

1) 이 글에서 '열기'는 생에 대한 의지, 열정, 소망 등을 함의한다.

단풍드는 소리가 들려
숲 안으로 숲 안으로 이끌리어 가네

단풍이 아름답다는
붉나무
잘 익은 석류알을 흩뿌려 놓아
숲속의 새들
숨소리마저 멈추고

꽃자리에 매달려 있던 열매
껍질을 벗어 버리며
주홍빛 동그란 씨앗
마치 루비알 같은 빛을 내뿜으니
반지 만들어
약지손가락에
끼우고 싶을 만큼
눈길을 사로잡는 화살나무
잘 익은 빨간 홍시가
잎사귀 위에서 노닐며
빨갛게 물든 나뭇잎
어떤 표현도 필요치 않으니
불의 숲에서
내 심장이 열리어
그냥
아! 소리만이
입 안에서 맴돌고 있을 뿐

– 〈그냥〉 전문

위의 시에 생명의 한창때가 묘사되어 있다. 공간을 채우는 요소는 온통 열정의 색채를 발한다. 삶의 정점에서만 가져볼 수 있는 매끄러운 때깔을 지닌다. 열매는 '루비알'의 빛을 내고 이파리 위를 춤추듯 유희한다. 숲의 붉음은 시각을 바짝 사로잡는다. "불의 숲에서 내 심장이 열리어/ 그냥/ 아! 소리만이 입안에서 맴돌고 있을 뿐" 가슴을 열고 절정을 탄식으로 만끽한다. 타오르는 생명 앞에서 이유나 의혹은 필요하지 않다. "빨갛게 물든 나뭇잎은 어떤 표현도 필요치 않으니" 감각이 아닌 모든 표현은 한창의 생명 앞에서 의혹과도 같은 불가해가 될 뿐이다.

삶의 의지만이 그득한 천연의 생명력은 공감각을 자극한다. 숲이 색을 바꾸는 모습은 시각, 청각, 촉각을 동시에 두드린다. "단풍드는 소리가 들려/ 숲 안으로 숲 안으로 이끌리어 가네" 우리는 그 감각에 이끌려 저절로 생명 앞에 당도한다. 생명으로 가는 방향은 오직 직선형의 궤적을 남긴다. 생명과 생명은 서로를 불러내기 위해서만 생을 태운다.

이 시는 숲의 조그만 몸짓들에 귀를 기울이는 생명이 주체이다. 그의 가슴이 열리기 전까지 숲은 줄곧 사물로 채워져 있었다. 단풍이 드는 조그만 기척을 감지하고 숲에 들어서 열매들의 윤기와 잎사귀의 색채에 감각이 열려간다. 그리고 숲은 일시에 활활 타는 듯 불의 활기를 띠어가고 생명의 힘으로 채워진다. 꽃과 나무는 생명으로 화하며 존재를 극명히 드러낸다. 사물이 생명으로 다가오는 기적적인 체험이 시에 차분한 시선으로 형상화된다. 자연을 사랑하는 시인의 기질이 시에 오롯이 나타난다.

목련꽃 나무 가지 마디마디
갈색 표피를 감싸 안고 있을 때
부드러운 바람에 실려 온 손길이
지문의 문장을 깨운다

기억의 풍경이 별들로 떠 있는 동안
하얀 숨결을 안개비 등살에 보듬고
연분홍 햇살 내리는
아침을 기다린다

뽀얀 속살 목련꽃 잎잎마다

좁아진 시린 가슴에
눈부시게 따뜻한 생명을
넘치도록 안겨 주니
손가락 하나 둘 펴는
첫사랑의 따뜻함이여

몸 안의 길을 따라 목련꽃 핀다
- 〈목련꽃 지문〉 전문

　시 〈목련꽃 지문〉에는 생을 대하는 시인의 자세가 나타난다. 시인은 자연에서 삶의 순리를 찾으려 한다. 아니, 자연이 본래 숨겨놓은 삶의 순리를 발견하는 행운을 체험한다.

　자연 생태계와 인간의 내적 합일을 통해 순수한 생의 힘을 자각한다. "좁아진 시린 가슴에/ 눈부시게 따뜻한 생명을/ 넘치도록 안겨 주니/ 손가락 하나 둘 펴는/ 첫사랑의 따뜻함이여" 목련꽃의 개화에서 인간의 펼쳐진 주먹[2]을 발견한다. 그 화해의 몸짓으로 인해 시인의 가슴에 생명의 따뜻한 힘이 번져나간다. 다물어져 있던 꽃의 내부를 통해 시인의 내면이 마음을 연다. "몸 안의 길을 따라 목련꽃 핀다" 활짝 핀 주먹 같은 목련꽃이 시인의 내면을 온통 채우고 있다. 시인의 가슴은 화해의 의지로 한가득 채워진다. "기억의 풍경이 별들로 떠 있는 동안" 지난날의 모든 것들을 향해 화해의 손길을 던지고 있다.

　시인이 화해를 시도해 가는 과정은 그 내면의 본성을 일깨우며 진행된다. "부드러운 바람에 실려 온 손길이/ 지문의 문장을 깨운다" 는 시인의 손길은 본능적일 만큼 자연스럽다. 그래서 붙들린 손에는 자유가 깃든다. 목련꽃에도 시인의 동물적 온순함이 깃든다. 숲에서 꽃을 만난 고라니가 주둥이

---

2) 여기서 '펼쳐진 주먹'은 어법상 모순된 표현이다. 하지만 손바닥으로 지칭하지 않고 굳이 주먹이라 쓴 것은, 아직 삭지 않은 울분을 통하여 화해의 길로 가기까지의 여정을 나타내기 위해 '극적 장치'를 활용한 것이다.

를 스치듯이 순정한 몸짓이다. 온기는 모든 생명이 찾아 나서는 삶의 본능이다. 그렇기에 시인은 생을 찾아 노닐며 동시에 생을 유인한다. 시인의 생과 세상의 생은 서로 끌어당기고 있다. 이처럼 시인의 시어는 한 인간이 생에 바치는 열렬한 구애로 쓰인다. 그 사랑은 항상 천연과 순수함으로 내용을 이루기에 필연적인 자연과의 접촉이 시도된다. 자연은 시인에게 하나의 커다란 순수이자 갈망이다.

2.

가원의 시어들은 자연의 터전에서 채취된 순결한 언어이다. 시인에게 자연은 생을 분석하지 않고 오롯이 체험하는 원시적 현장이다. 거기서 시인은 겸허함과 인생의 순리를 발견한다. 시인의 족적은 늘 직선형이다. 생명이 있는 곳으로 끊임없이 행보한다. 그곳엔 또 다른 생명이 있을 뿐이다. 시인은 "꽁꽁 얼어버린 마음/ 스스로 도닥여주면서/ 하염없이 걷는… 〈길〉" 지치지 않는 여정에 놓여 있다.

자연은 시인에게 격렬한 생을 견디는 힘이고, 깨달음의 기도이다. 시인은 자연을 통해, 문학은 결국 기도의 과정이라는 근본적인 진리를 실천하고 있다. 기도란 본질적으로 타인을 향한 이기를 극복하고 나아가 자기 자신까지 사랑하는 일이다. 시인은 "나를 사랑하고 있음은 나의 몫이기에 〈오래된 문〉" 자신의 내면에서부터 삶을 바꾸어 보려고 한다. 자연을 추구한다는 것은 사랑을 배우고 자신을 새롭게 발견해 나가는 길이다. 그 누구라도, 자기 자신까지도 미워하지 않고 그 자체를 존중하는 법을 배워나가는 과정이 아닐까. 그런 사랑을 통해 삶을 견디는 법, 고난을 긍정하는 기술을 연마해 가는 것이다.

그러므로 시인은 열렬히 자연을 닮아가고자 한다. 자연은 무차별적이고, 아무도 또 무엇도 외면하지 않는다. 자신을 찾아오는 이는 누구라도 반갑게 맞이한다. 거기에는 붉고 노란 꽃들이 손짓하고, 한결같은 나무들이 기다리고 있다. 그런 자연을 애착하고 닮아가려는 것은 곧 인간에 대한 이해를 넓히는 일이다.

자연을 통해 시인이 가장 크게 배운 것은 사물과 생명에게 판결 내리지 않는 것이다. 판결이 아닌 전적인 체험과 교감이 시의 세계이다. 개인의 판결은 항상 개인의 몫이라는 사실을 알고 있다. 자연을 닮는다는 것은, 누군가 혹은 무언가를 진심으로 체험하려는 열망을 기르는 일이다. 자연은 우리에게 그 순수한 진실을 알려준다. 그리고 시인은 자연의 현장을 우리에게 시를 통해 가리켜 보인다.

자연에는 원석의 시와 어휘들이 대량으로 묻혀 있다. 왜냐하면, 그곳은 인간의 기원이기 때문이다. 이처럼 생을 열렬히 감각하는 시어들은 언어의 근간을 이룬다. 시인의 언어는 숲이 문명을 벗어내듯이 수사(修辭)를 절제한다. 그래서 한 줄의 시어가 아닌 한 편의 시가 결정(結晶)의 아포리즘을 이룬다. 응결되고 압축된 시의 입체적 외관이 미학적 기능을 이룬다. 자연은 시인의 본능에 의해 시적 재료들이 된다.

향일성과 직선형의 궤적에는 시인의 겸허한 마음이 스며들어 있다. 자연을 관조로 분석하지 않고, 직접 자연 속으로 뛰어들어 온몸으로 생명을 만끽할 뿐이다.

야생은 활기와 역동적인 몸짓이 넘쳐난다. 숲은 병자의 마음속에 아우성치는 생명이 거하듯이 도시의 내부에 산다. 모든 것은 겉과 속을 지녔고, 생명의 본체는 그 내부에 깃들어 있다. 시인은 화려한 허식의 표피를 뚫고 들어가 생명의 싱싱한 부위와 조우한다. 그 생명의 현장에서 삶에 대한 기도의 여정을 일깨워간다. 이제 시인은 생을 온몸으로 감각하는 유희의 차원을 넘어선다. 생명을 통해 삶 전체를 견디는 힘을 깨닫는다. 시인에게 고난은 생명의 바깥에서 일어나는 일이 아니다. 고난은 강한 생의 의지로 하여금 치유되는 것이기에 그 또한 생이다.

마음의 문 안에서
조금씩 작아져 가고 있다
마음 숲 속에 그늘이 와도
아스라이
하늘빛이 드리웠었는데
소금밭에 핀
영롱한 보석이었었는데
머리에 이고 온
물동이를 내려놓으며
기지개를 펴 본다
추운 겨울 갓 떠난 자리에
따스한 동백꽃 피고
물고기 걷어 올린 그물
물기를 거둬도 또 다시 물속으로 들어가듯
사랑하고 있다는 외침을 그리워하고
밀려갔다가 밀려오는
근심의 무게가 멀어지면
사랑하고 있음이
마음에 파고 들어와
봄날의 풀빛으로
물들일 게다
그렇지 후루룩 지나가지
나를 사랑하고 있음은
나의 몫이기에
가슴속에 핀 뜬구름 거두어
오래된 문 안으로 가슴을 열어 본다

- 〈오래된 문〉 전문

위 시에는 기억 속의 자연 이미지를 회한에서 희망으로 바꾸는 용기가 나타나 있다. 과거에는 고역을 정면에서 똑바로 바라볼 수 있는 긍정의 힘이 있었다. "마음 숲 속에 그늘이 와도/ 아스라이 하늘빛이 드리웠었는데/ 소금밭에 핀 영롱한 보석이었었는데" 지금은 그 생의 예쁜 이미지가 점차 사라지고 있다. 삶을 회한으로써 반추해 본다. 그 기억을 통해 시인은 고난이 때로 희망을 동반한다는 사실을 다시 체득한다. "추운 겨울 갓 떠난 자리에/ 따스한 동백꽃 피고/ 물고기 걷어 올린 그물/ 물기를 거둬도 또다시 물속으로 들어가듯" 삶을 긍정하는 법을 삶의 순환 속에서 발견한다. 다음을 기약함은 현재의 고난에 흔들리지 않는 강함을 다져가는 일이다. 또 현재의 고난을 마땅히 치러야 하는 삶의 과정으로 받아들인다. 아니, 그 고난 어린 과정을 그리워한다. 시인의 삶에 대한 겸허함은 시를 숙연한 기도로 물들인다.

시인이 회한과 화해하는 힘은 마음속의 어렴풋한 천연의 이미지다. 시인은 항상 마음속에 '숲', '하늘빛', 보석 같은 '소금밭', '동백꽃'과도 같은 자연을 담아낸다. 이 시는 마음속 그 순수한 이미지를 새롭게 다독이기 위해 '마음의 문'을 열어 보려는 용기에 관한 이야기이다.

나무들의 시간으로 서 있는 곳
갈잎의 내음을 따라서
까치걸음으로 걸어본다
찬바람이 넘어뜨려도 훌훌 털면서
다시 일어나 구르며
사각거리는 낙엽
쏟아지는 소리 수없이 들린다

고개를 치켜 들고
마지막 잠을 자고난 누에
고개를 내려 뽕잎을 찾고
온 힘을 다하여 뽕잎을 갉아 먹는
사각사각 소리

넉 잠을 잔 누에는 고치집을 지어
실크를 내어주며
나방이 되어 다시 누에알로 태어나듯이

봄부터 끌어안고 있던 나뭇잎
미련 없이 떠나보내고
다시 새싹 움틀 자리를 남겨 놓아
봄의 문을 열어 주리라
누에가 뽕잎 갉아먹는 소리와
갈바람에 낙엽 구르는 소리
허공에 내 영혼의 고요가 번지는 동안
나무도 붉은 노을을 삼킨다
〈허공의 밖에서 어두워지다〉 전문

　위의 시 역시 삶을 정면으로 바라보려는 결연한 생의 의지가 깃들어 있
다. 새로운 봄을 맞으려는 희망으로 허공에서 내려앉는 쓸쓸한 생의 소리
를 열렬히 긍정하는 자세가 내포되어 있다. 이 시는 다시 시작될 생의 찬
가이다. "넉 잠을 잔 누에는 고치집을 지어/ 실크를 내어주며/ 나방이 되어 다시
누에알로 태어나듯이"의 구절에서 작은 생명체 누에의 짧고 명쾌한 삶을 통
하여 운명을 묵묵히 받아들이는 굳센 의지가 드러난다.
　시인은 삶을 온전히 긍정하기 위해 인생의 그늘진 자리까지 생명의 숨결
을 불어넣는다. 빛바랜 자리마다 찾아 나서서 색을 입히고 부대낌으로 생
의 활력을 띠게 한다. 생을 향한 부단한 갈망을 더욱 드넓은 곳으로 실어
옮긴다.

　3.
　시인의 시편에는 보이지 않는 생의 열기로 충만하다. 우리는 〈그냥〉에서
생을 바짝 태우는 천연의 존재들을 만났었다. 시인의 시어들이 향하는 곳
은, 활활 타는 열기로 빛을 내는 이들의 현장이다. 저마다 지닌 뜨거운 내

부를 태우고, 그들의 의지가 모여 숲속 자연은 커다란 열기의 빛으로 화한다.

한편 〈어떤 존재〉에서는 그 열기 어린 빛을 최대한 내재화한다. 절제된 시어들을 통해 생명의 흔적을 쫓는다. 강한 생명력은 상처 입은 형상으로 그려지고, 시인이 시선을 모으는 곳은 그런 형상의 뜨거운 내부이다.

　　　백합꽃 향기가
　　　보이지 않는다 해도
　　　태양빛이 입혀준 향기와
　　　꽃의 존재를 느끼듯이
　　　삶은 익어간다
　　　잠 못 이루고 뒤척일 때면
　　　뒤란에서 서성이는 별빛 받아
　　　온 몸을 부대끼며 뒹굴고
　　　잔잔한 물결 일렁이는
　　　생각을 더해 보면서
　　　잠시
　　　쉼의 존재를 깨달아본다

　　　단풍 나뭇잎 곱게 물들이며
　　　나뭇가지들에게 영양분 내려 보내고
　　　이제 추운 겨울 너머
　　　봄날을 기다리며 길 떠나는
　　　아름다운 모습의 존재

　　　적요 속에 잠겨 있는
　　　별빛을 부여잡고
　　　무화과 열매 꽃 피우듯
　　　어떤 존재의
　　　자아를 찾아서 간다

　　　　　　　　　　　　　　　- 〈어떤 존재〉 전문

위 시는 시인의 쓸쓸한 감정이 담긴 시어들로 채워져 있다. 삶의 애환을 일상과 자연에서 묵묵히 통과해 나가는 화자의 하루가 선명히 나타난다. 잠을 이루지 못할 만치 소란스러운 마음을 "뒤란에서 서성이는 별빛 받아" 달 래본다. 시에는 삶을 따뜻한 시선으로 긍정하는 시인의 의지와 고운 심성 이 묘사되어 있다. 고요한 생각들로 "쉼의 존재를 깨달아" 보고, 추운 겨울 저편으로 "봄날을 기다리며 길 떠나는/ 아름다운 모습의 존재"를 떠올려 본다.

시인은 보이지 않는 자리에서 삶의 활력을 되찾고자 한다. 현재와 현실 에 점철된 쓸쓸함과 기억의 상흔을, 아직 오지 않은 시간을 통해 또 다른 내일을 꿈꾼다. 이렇듯 시인이 찾는 존재는 알 수 없는 '어떤 존재'이다. 그 는 보이지 않는 세계를 긍정한다. "백합꽃 향기가/ 보이지 않는다 해도/ 태양빛 이 입혀준 향기와/ 꽃의 존재를 느끼듯이" 현실의 삶을 보이지 않는 시간을 통 해 되돌아본다. 백합꽃의 보이지 않는 세계는 향기의 치열함으로 흩날린 다. 햇빛이 백합의 탄생과 만나던 시절의 격렬함을 되돌아본다.

시인은 무화과를 통해 이치에 맞지 않는 자연의 섭리가 존재함을 자각 한다. 꽃 없이 과실이 맺히는 무화과는 꽃의 존재를 재인식하게 한다. "무 화과 열매 꽃 피우듯" 보이지 않게 자라나는 모든 존재를 통해, 현실을 일 군 작은 기둥들에 귀 기울인다. 거기에는 현실을 떠받치느라 소요하는 생 의 열기로 떠들썩하다.

산길을 돌고 돌아
자작나무를 만났다
태어날 때부터 하얀 몸
따뜻한 남쪽나라를 마다하고
이곳에 터를 선택한 자작나무

핀란드에서 자작나무를 보며
감동에 젖었었는데

강원도 인제 땅을 지키는
고상하고 단아한 모습이
더욱 든든하다

추운 겨울
자작자작 소리를 내면서
아랫목을 따뜻하게 데워줘
단잠을 재워주고
지붕을 덮어주기도 하니

이렇게 착해서
천사가 내려와
하얀 날개를 활짝 펴
우듬지까지 감싸 주었나 보다
- 〈자작나무를 만나다〉 전문

위 시는 우리 삶의 숨은 자리에서 생을 태우는 자작나무와의 교감을 시
도하고 있다. 자작나무는 처절한 몸짓으로 추운 겨울을 버틴다. 그렇게 치
열하게 버틴 생을 "자작자작 소리를 내면서/ 아랫목을 따뜻하게 데워"주며 마
감한다. 누군가를 따뜻하게 덥혀주기 위해 온 생을 추위와 싸우며 살아낸
다. 시인이 자작나무 숲을 찾기 전에는 드러나지 않았을 부단한 희생의 삶
이다.

시인은 자작나무의 희생을 통해 숲을 천사들의 세상으로 승화시킨다.
자작나무의 허옇게 언 몸을 천사의 날개로 덮어주며, 보이지 않는 천사들
을 지상으로 호출한다.

자작나무 숲은 시인의 순수한 마음을 반영하며 그의 선한 본성을 소환
한다. '하얀 날개'가 나타내는 하얀 세상과 이와 대비되는 검은 세상은 시
어로 드러나지 않는다. 하지만 시인은 그 검은 세상의 냉정함을 '추운 겨
울'로 치환한다.

냉혹한 삶 속에서도 꿋꿋이 버티고, 나아가 남을 위해 살아가는 자작나무의 선행을 통하여 인간에 대한 기대를 거는 것이다. 보이지 않는 자작나무의 선행과 천사들의 날개로 하여금, 시인 스스로 삶의 냉정함을 다독여 본다. 그의 선하고 온기 어린 연민을 통해 추운 세상이 따뜻한 옷을 입는다.

이처럼 시인은 생에 대해 따뜻한 시선으로 일관한다. 생명에 대한 연민을 순수한 자연의 세계를 통해 형상화한다. 인생은 뭇사람이 펼쳐 놓는 욕망의 무대다. 자칫 원한으로 치달을 수 있는 욕망의 영역을 순수한 시어로 채워 노래한다. 원초적 욕망이 긍정의 에너지로 바뀌고 있다. 이윽고 시인의 세계는 생에 대한 강한 의지와 용기로 빛난다.

그 림 목 차

저 자 와 의
협 의 하 예
인 지 생 략

발행일 2018년 5월 25일 초판 1쇄

지은이 최 봉 희
그 림 최 봉 희
경기도 김포시 김포대로 926번길 46, 309동 1805호
(북변동 풍년마을 삼성APT)
c.p. : 010-3271-9237
e-mail : kgrim126@hanmail.net

발행처 ㈜이화문화출판사
서울시 종로구 사직로10길 17(내자동 인왕빌딩)
02-738-9880(대표전화)
www.makebook.net
ISBN 979-11-5547-330-6 03810

값 10,000원